I0683613

MA PREMIÈRE

AU

ROI CITOYEN,

PAR UN PAYSAN DE L'ARIÈGE.

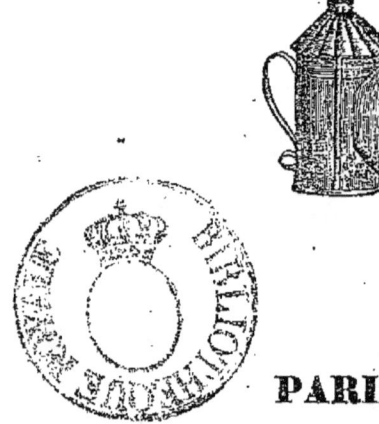

BIBLIOTHÈQUE ROYALE

PARIS,

CHEZ LES PRINCIPAUX LIBRAIRES.

—

1832.

MA PREMIÈRE

AU

ROI CITOYEN.

SIRE,

Sous l'autre roi, il prit fantaisie à un vigneron de la
Touraine d'écrire à la chambre des représentans du peuple
(et Dieu sait comme le pleuple d'alors était représenté !),
pour se plaindre de quelques abus de pouvoir. Qu'est-ce
qui en arriva ? Tout le monde le sait. Le requérant fut cité,
enfermé, et paya l'amende ; mais aussi pourquoi récla-
mait-il sous un roi qui n'était ni citoyen, ni populaire ? non
pas qu'il eut tort au fond, le bonhomme. Je parle du vigneron ; car les rois ont toujours tort de ne pas être popu-
laires ; mais ainsi va le monde, que toutes les vérités ne sont
pas bien dites. Bref, on ne l'écouta point. Ce fut dommage ;
il y avait du bon dans ce qu'il soutenait ; et si, au lieu de
l'envoyer en prison, on l'eût nommé premier ministre, le
roi mitrailleur, votre cousin, Sire, courrait encore, peut-
être, la bête dans le parc de Rambouillet ; la galante mère
du royal enfant, qui nous envoie d'Holyrood la guerre
civile, n'eût pas marqué ses excursions sur la terre de
France, par un sillon de sang ; et nous, pauvres laboureurs,
nous eussions peut-être gagné à cette nomination un peu
d'aisance : le vigneron n'eût pas manqué de diminuer l'impôt qui pèse sur les pauvres gens : diminution à laquelle
le chef d'un État gagne toujours ; car il retrouve en popu-
larité le centuple de ce qu'il perd en or.

Je vous parle de ce Tourangeau, pour arriver à moi,
simple paysan des Pyrénées ; sans toutefois prétendre
entre lui et moi chétif établir la moindre comparaison.

Le père nourricier d'Henri IV fit autrefois deux cents lieues, pour régaler de fromages son fils bien-aimé. A la porte du Louvre on le reçut à coups de crosse de fusil; que ses cris ne l'eussent pas fait reconnaître du Roi lui-même, il en eût été pour sa promenade de Nérac à Paris, et pour son modeste présent.

Si votre pot bout, Sire, c'est un peu avec l'argent de tout le monde : nos campagnards vendent, bon gré, malgré, leurs poules, pour faire tourner votre broche. N'avons-nous pas en conséquence, nous tous contribuables, des droits au titre de vos pères nourriciers? Cette idée m'est venue chemin faisant de chez nous ici, et je me suis dit : Pour des fromages, Henri IV, roi demi-populaire, reçut chez lui le bon fermier de l'Agenais ; toi qui paies au fisc beaux 140 fr. d'impôts, et qui portes à un Roi citoyen, de la part des chapeaux noirs de ton village, de bons avis et des souhaits, vas-tu être caressé et bien accueilli.....

Dans cette admirable pensée, j'arrive jusqu'aux portes des Tuileries. Là des bayonnettes; là un fossé : est-ce une forteresse? la toison d'or n'était pas mieux gardée. A ce mot de toison d'or, un mouchard croit que je vous lance une épigramme : il appelle des hommes de 5 pieds 6 pouces, à tournure peu gracieuse, figure à l'avenant. Ces camarades me suivent de l'œil, et, tandis que je me permets de dire que la meilleure sentinelle, pour un roi, est l'estime et l'amour du peuple qu'il gouverne : haro sur le républicain, disent-ils; et ils me chassent, au lieu de me faire les honneur de chez vous. Heureux d'en être quitte, avec eux, à si bon marché! Dans le même moment, Sire, on assassinait trois personnes dans la rue Montmartre, les carlistes conspiraient dans vingt départemens, sans qu'on leur dît mais..., et toute la surveillance d'une police grassement payée se bornait à éloigner de vous, vos vrais, vos seuls amis. Force m'a été de gagner le large. J'ai réclamé : mes cris n'ont pas été entendus. Votre palais est construit de manière à ne laisser parvenir aux oreilles de ceux qui l'habitent, que les flatteries d'une impudente valetaille. De tout cela il résulte que si je ne veux pas avoir fait un voyage pour le roi de Prusse, il faut que je vous écrive à vous, roi des Français.

C'est ce que je fais.

Il faut vous dire qu'en 1830, avant juillet, les habitans de nos Pyrénées s'étant assemblés, voulurent envoyer quelqu'un des leurs à Paris, pour se plaindre de certains griefs contre les autorités d'alors. Pourquoi les autorités ne sont-elles que rarement d'accord avec les administrés ? Tenez-vous à le savoir ? c'est qu'en général, parce qu'au lieu de garder, soigner et protéger le troupeau qu'on leur confie, elle le tondent, le rasent, le pèlent. Il n'est pas jusqu'aux plus minces fonctionnaires de village, qui ne soient persuadés : « Qu'ils font beaucoup d'honneur à la France de se » charger de tel ou tel emploi ; que ces emplois ont été » créés pour leurs beaux yeux ; que le pays, en outre de » gros traitemens, leur doit encore de la reconnaissance ; » enfin, qu'ils se sacrifient ». Les pauvres gens ! aussi, en revanche, gaspiller, dilapider : je vous assure qu'ils savent le faire. Leurs charges sont des mines qu'ils exploitent au jour le jour. Mais en province nous n'avons que des larronceaux auprès de certains trafiquans de la Capitale, gens à toupet, que je n'ai pas besoin de vous nommer.

Trompeurs et trompés peuvent-ils vivre d'accord ?

En 1830, nous voulons donc nous plaindre, et nous choisissons pour cela un fondé de pouvoirs ; mais juillet arrive, notre ambassadeur ne part point. Nous buvons à Philippe. Tout va changer. Les pauvres gens souffriront un peu moins, et mangeront un peu plus. Nous ne fûmes pas pourtant de l'avis de ceux qui crurent que les alouettes devaient nous tomber toutes rôties, comme autrefois les cailles du désert, que si peu de gens digèrent ; mais nous pensions qu'en travaillant, nous pourrions trouver un peu plus d'aisance, un peu plus d'honnête et légale liberté.

Savez-vous que nous avions besoin, grand besoin, que vous arriviez au poste où vous êtes, pour nous soulager. Nous souffrions, Sire ; ce qu'on peut appeler souffrir : n'en déplaise à ceux qui prétendent que l'habitude où nous sommes de manquer à peu près du nécessaire, nous met à l'abri de toute poignante privation. Voyez un peu quel était notre malaise. Mais je recule presque à mettre sous vos yeux un si piteux tableau. Vous, qui, à Valmy, à Jemmapes, vous mêliez aux soldats du peuple ; qui avez traversé la révolution, peuple comme nous; qui, duc d'Orléans, étiez peuple encore, avez élevez vos enfans, comme dit le vigneron, parmi les enfans du peuple; vous qui n'avez enfin chargé votre tête d'une couronne, que dans les intérêts, et pour le bonheur du peuple, pourrez-vous entendre d'un œil sec le récit de nos obscures infortunes? Toutefois, comme vous pouvez jeter de l'huile sur nos blessures, il faut bien que je vous dise où le bât nous blesse, c'est-à-dire nous blessait sous votre prédécesseur.

Examinez d'abord avec moi, la justice avec laquelle l'impôt était réparti.

Je commence par l'impôt, c'est que, pour nous laboureurs, gens de peine, la première des libertés consiste à payer le moins possible. Vos faiseurs de phrases de Paris, qui la plupart veulent arriver aux grands emplois, je veux dire aux gros traitemens, écrivent tous les jours de fort belles choses sans doute, auxquelles le plus souvent nous n'entendons rien; mais peu mettent le doigt sur la plaie, et pour cause. Quant à nous, qui ne voulons ni fonctions, ni parades, le meilleur de tous les gouvernemens sera celui qui nous soutirera le moins d'argent, c'est-à-dire de sueur.

Arrivons au mode de répartition :

Le percepteur de notre canton, par exemple, avait une place qui lui donnait 2,000 francs; c'était un bon champ que cette place : pas de foncier à payer là-dessus : pas de charbon à craindre pour son blé, pas de gelée, pas de grêle; une retenue lui était faite... oui, mais pour lui assurer, au bout de trente ans, une retraite. Cet emploi représentait bien un capital, je ne dis pas de 40,000 francs, parce que le fonctionnaire pouvait être destitué, cela s'est vu; mais bien de 20,000 francs, toutes chances pesées. D'autre part il avait une métairie estimée 18,000 francs; ajoutez à cela 50,000 francs de capital en rentes sur l'état, voilà bien un avoir positif de 88,000 francs.

Sa part d'impôts la voici : 80 francs de foncier, plus 40 francs, au pis-aller, en personnel, portes et fenêtres, droit sur le sel consommé par sa famille, etc., etc. : ensemble 120 francs qu'il payait à l'état sur un capital de 88,000 francs.

Permettez-moi maintenant de comparer cette fortune, colossale pour nos vallées où les appétits sont moins grands qu'ici, à mon modeste avoir, et mes impositions à celles payées par ce fonctionnaire.

J'ai une maison qui a deux croisées, une lucarne et une porte; elle vaut bien, mobilier compris, 600 francs au plus. J'ai deux champs, une prairie, une vache, une ânesse, une chèvre et un petit troupeau : porter le tout à 8,000 francs, c'est tout ce que je puis faire. Je suis donc onze fois moins riche que notre percepteur, et d'après le dire de certains, qui avancent que chacun doit contribuer au besoins de son pays, au prorata de ce qu'il a, je devrais, lorsque le percepteur donne 11 francs au fisc, n'en donner qu'un. Lorsqu'il envoie son fils à la guerre, ne donner à l'état que la onzième partie du mien. Mais voici comme cela se passait sous ce bon Charles.

J'avais deux enfans : on m'en enleva un; et le percepteur qui en avait trois, trois gaillards de la trempe des Curiaces, les fit tous réformer. Comment se fit ce tour de gobelet? En vérité, Sire, je n'y vis que du feu. On m'a dit depuis qu'il y avait eu là-dessous quelque manigance de cotillon. Ah! que nos pères étaient dupes de permettre à leurs femelles de mettre le nez dans les affaires de l'état! Avec elles s'agit-il de nommer à une fonction, ce n'est pas le moral du candidat qui est consulté : une cravate mise avec plus ou moins d'art, déterminera leur choix. Une place de ministre était vacante du temps de Figaro, il fallait un calculateur; grâce à une femme, ce fut un danseur qui l'obtint.

On parle même à ce sujet, d'une anecdote arrivée naguères : je cède au plaisir de vous la conter.

Vous avez, Sire, un grand dignitaire, ce grand dignitaire a une.... faut-il le dire? Pourquoi pas! Les rois, les princes en ont eu, en ont....... en auront, des maîtresses; tranchons le mot. Bien plus, les princesses ont des galans à titre. L'Excellence avait besoin d'un secrétaire; il s'en présente un, *Jeune France*, à moustaches brunes. Les moustaches brunes font tourner la tête de la maîtresse de l'excellence; que voulez-vous! c'est sa passion. Ce qui était un titre d'exclusion aux yeux du haut fonctionnaire, qui

connaissait les manies de sa dame, fut justement un mo-
tif de recommandation à ceux de Caroline. Caroline veut
le secrétaire Jeune France. Bref, celui-ci est installé ; au
fond c'est un parfait secrétaire, le patron et la patronne
s'en arrangent au mieux. Il n'avait qu'un défaut le protégé
de Madame, il était un peu coquet, et trouvait que sur
des joues palies par l'étude, des moustaches brunes
allaient mieux que des blondes. Aussi la couleur des
siennes n'était pas une *vérité*, pas plus qu'autre chose...
nous nous entendons... chaque matin, je ne sais quel cos-
métique faisait une métamorphose. Un jour on l'arrache à
son grenier sans lui donner le temps de mettre ordre à sa
toilette, il paraît aux regards de la dame : la supercherie
est reconnue, le prestige cesse. Le lendemain le favori
cherchait un emploi. A quoi avaient tenu sa nomination
et son renvoi ?..... à des moustaches. Ainsi en est-il de
la protection accordée, en général, par les femmes :
quels magistrats, quels administrateurs peut-on obtenir
sous l'influence du cotillon !

Revenons à ma comparaison.

Ne perdez pas de vue, s'il vous plaît, l'avoir et la quote
part d'impôts de notre percepteur, ni mon petit capital de
8,000 fr. Voici maintenant le détail de mes contributions.
Mon foncier, mes portes et fenêtres, mon personnel, etc.,
ne donnaient au trésor qu'une quarantaine de francs, mais
le personnel de mes bêtes, Sire, c'est ici qu'était le criant :
ma vache, mes bœufs, mes moutons, ont besoin de sel, je
ne leur donnais que la moitié ou le quart de la ration que
les goulus eussent avalé, eh bien ! 100 francs y passaient.
Sans le monopole que le gouvernement exerçait sur cette
branche de commerce, j'eusse payé 10 francs la même quan-
tité. Quatre-vingt-dix francs d'économie par an sont à mon
revenu d'environ 600 francs mon travail compris, ce que
2,700,000 francs sont à votre revenu de 18 millions, ce
n'est pas une bagatelle comme vous voyez.

Connaissez-vous, Sire, un grand homme, qui fait partie de notre chambre et se tient surtout dans vos anti-
chambres ; que l'on voit au conseil d'état, aux bureaux de
la marine, aux commissions commerciales et industrielles,
dans les académies, que sais-je ! en un mot, partout où il

y a quelque chose à frire, quelques fiches de présence à empocher; ce grand homme, le Napoléon du chiffre, le barême de notre époque, où a-t-il trouvé que ma famille et moi ne payons que trois liards de droits sur le sel, par tête? S'il consultait un peu moins la sienne, puits étroit à systèmes, et pour s'assurer des faits qu'il avance, si, quittant les salons dorés du ministère, il venait dans nos villages partager à notre table des mets grossiers et sans saveur, il verrait, ce prétendu philanthrope, que le sel est la vanille, l'épice des chaumières, que le sel engraisse nos troupeaux, et que lorsque le percepteur dont je vous parlais tout-à-l'heure, ne paie, pour lui et les siens, que 10 francs par an de cette substance, j'en paie, moi simple paysan, pour plus de 100 francs, que devient le calcul de l'économiste?

D'ailleurs dans les campagnes, l'éducation des troupeaux n'est-elle point une industrie? D'où vient que le sel consommé par les fabriques de potasse et les établissemens de salaisons maritimes, ne paie aucun droit, lorsque nous en payons d'exorbitans pour nos bêtes, qui sont, à nous pasteurs, nos fabriques. Les droits sur le sel diminués, la consommation en augmenterait; delà plus de main-d'œuvre dans l'exploitation, plus de richesse dans les pays qui avoisinent les salines, de plus nombreux et de plus beaux troupeaux chez nous : par temps plus de joie, plus de bénédictions pour le souverain. Ah! qu'un impôt dont un roi soulage le peuple lui fait d'amis et lui profite! qu'un roi riche de l'affection des hommes qu'il gouverne, est fort!

Ainsi vous le voyez, avec un capital de 8,000 francs, me voilà payant 20 francs de plus d'impot que mon voisin le percepteur, riche de 88,000.

Cette comparaison peut vous servir d'échelle de proportion pour les contribuables de toute la France, d'où je conclus que sous *Charles-coup-d'état*, la partie la plus interressée au maintien de l'ordre, était celle qui payait le moins pour le maintenir.

Le peuple avait-il tort de crier à l'inégalité? Avions-nous tort de nous plaindre, de conspirer, de chasser le monarque qui souffrait qu'on nous plumât de la sorte, pour engraisser la caste des hauts propriétaires, des fonctionnaires, des rentiers, des oisifs? Avions-nous tort, je vous le demande?

Quand les hommes appelés à gouverner oublient qu'on ne les a mis à la tête d'une nation que pour rendre égale justice à tous ses membres, ils ne doivent pas trouver étrange qu'on les renverse. Nous, paysans, voici l'idée que nous nous faisons d'un gouvernement : C'est une grande famille confiant le soin de ses affaires à un de ses membres qui doit en conduire la gestion dans l'intérêt de tous ; c'est une société de commerce remettant la direction d'une vaste entreprise entre les mains d'un gérant, si l'on veut irresponsable en tant qu'il ne gouverne pas par lui-même, et qu'il a sous lui des hommes à qui on puisse demander compte des fautes du pouvoir. Ainsi le veut le simple bon sens : d'après ce contrat, quand le gouvernement fait mal les affaires de la communauté, la communauté est dans son droit, d'abord en l'avertissant, puis en le renversant. C'est ce qui est arrivé sous votre prédécesseur, votre cousin avait été averti, vous en conviendrez ; s'il est aujourd'hui à Holyrood, qu'il s'en prenne à lui.

Il ne faisait pas les lois tout seul, me dit-on : il les présentait aux chambres. On peut ajouter que, grâce à ses députés à lui, et le nombre en était grand, il faisait plus que les présenter, mais n'importe. Puisque présenter va, a-t-il jamais présenté une loi nouvelle de répartition de l'impôt, de diminution sur le droit du sel, une loi contre le cumul, contre les sinécures, contre l'élection des fonctionnaires à la dignité de député, une loi donnant aux communes et aux départemens une organisation populaire, une loi favorable à l'instruction primaire, à la liberté de la presse ? A-t-il présenté une seule loi libérale ? Il est vrai, soyons de bon compte : il ne la pas fait parce qu'il était sûr de trouver des opposans à toutes ces améliorations dans Lafayette, Dupont, Laffitte, Voyer d'Argenson, Salverte, Tracy et quelques autres qui n'ont jamais pris à cœur les intérêts du peuple.

Par l'exemple que j'ai mis sous vos yeux, vous avez vu de quelle manière l'impôt était réparti. Ajoutez encore, à cette flagrante disparité, que le percepteur avait une voiture, et faisait entrer chaque jour, dans la ville voisine, vin, gibier, provisions de toute espèce, sans payer les droits, tandis que l'on bouleversait de fond en comble ma besace lorsque j'allais au marché acheter le sel pour mes troupeaux, et qu'une dîme était prélevée sur la simple peinte de vinée, dont, à la borne de la halle, j'humectais mon pain de seigle ou de blé noir.

Ce mode inégal de répartition était criant, vous en conviendrez. Encore, si avec notre argent on eût soulagé de plus pauvres que nous, entrepris des établissemens utiles; mais oui... voici l'usage qu'on en faisait.

Une partie allait s'engouffrer dans la liste civile. Charles X, ou plutôt ses courtisans, disaient qu'il la lui fallait bien ronde pour briller entre les monarques de l'Europe. Qu'importe à un peuple que le monde entier lui dise : ton chef est le roi le plus magnifique de la terre; lorsque ce peuple paie par de continuelles privations, ce luxe inventé par le despotisme pour corrompre tout ce qui l'entoure.

Donnez au roi, disent les renards de cour, de quoi soulager l'infortune. Eh mon Dieu! il y a un moyen plus simple pour soulager l'infortune : laissez-lui ce qu'elle a; et si tant vous voulez donner au roi, vous tous qui êtes si généreux du bien des autres, cotisez-vous vite : par souscription., faites tous les ans à la couronne une liste civile d'un milliard si cela vous amuse, nous ne nous y opposons pas.

Avez-vous lu....., non pas Baruch, comme disait le bonhomme, mais Cormenin. Il faut lire Cormenin, Sire, aussi bien que je vous le recommande pour en faire votre ministre des finances à la première fournée. Le jour où vous deviendrez son ami, il sera bu à la santé de Philippe et de Cormenin dont le nom devient tous les jours plus populaire.

Partie de mes contributions servait donc à fournir un train brillant à Charles. Vos marchands de la rue Saint-Denis qui vendaient d'autant mieux leurs étoffes, pouvaient s'accommoder de ce luxe oriental. Nous qui l'achetions par la perte du strict nécessaire, nous maudissions et le monarque et son train de maison. Heureux si nous n'eussions eu qu'à parer aux frais de sa cour....., mais des palais à chaque coin de rue, de petits sardanapales à doter à chaque porte. Là, sept ministres, douze maréchaux,

chançeliers, référendaires, conseillers d'état qui ne con-
seillent rien, souverains à couronnes épiscopales, à toges
et à hermines, gens à épée, gens à livrée, que sais-je ?
des fourmillières de commis à petits talens et à gros besoins. Ça ne peut pas durer, disions-nous tout bas, de peur
des mouchards ; nous ne pouvons plus en conscience tra-
vailler pour ces faquins pourprés. Quoi ! nous nous rosse-
rons pour gagner cinq sous, et des crésus cousus d'or les
ajouteront à leurs millions ? Nous nous arracherons le
morceau de la bouche pour le voir tomber entre les dents
de ces Ogres à ver solitaire ? Le pauvre nourrira, en-
tretiendra le riche ? Doucement, le temps met ordre à tout.

Les capacités veulent, et doivent être payées, dit-on ;
Qui sont-elles ces capacités ? Est-ce un renégat vieilli dans
la diplomatie, type de rouerie et de machiavélisme, qui,
traître à tous ses sermens, a ouvert deux fois la France aux
Calmoucks, et peut-être travaille encore à leur ménager de
nouveaux triomphes ? Est-ce des hommes qui ont passé
toute leur vie à se fourvoyer, prenant toutes les livrées,
valets de tous les rois, adoptant vingt formes pour arriver
jusques dans les palais, et là, flattant les princes, volant le
peuple et le calomniant ; se donnant des airs de demi-dieux ;
parasytes effrontés qu'on retrouve sous tous les gouvernemens, non qu'on ne puisse se passer d'eux, mais qui ne
peuvent, eux, se passer de places, d'honneurs, d'or et de
puissance ? De ces prétendus indispensables, sur cent qu'on
m'en cite dix de probes, qui n'aient pas abusé de leur
haute position pour trafiquer à la Bourse, ou tremper dans
des marchés honteux ? Sur cent de ces capacités, qu'on
m'en cite quatre amies du peuple. Pour un Dupont, pour
un Laffitte que de......; mais taisons-nous, Sire, ou cau-
sons plus bas ; car dès qu'on parle de sales marchés......
. . . .

Les hommes capables, dites-vous, veulent être bien
payés ! c'est un acte d'accusation contre tous les maires de
France, en masse. Bien plus, Messieurs les représentans du
peuple à la Chambre, c'est aussi une pierre jetée dans votre
jardin. Attention :

Les capacités veulent être bien payées. Ce sont des députés,
non pas un, mais trente qui l'ont dit : or, vous êtes à la
Chambre environ 450 membres qui, comme députés, ne

recevez pas, ou êtes censés ne pas recevoir un sou vaillant, (et j'en connais qui ne reçoivent rien) : d'après la proposition établie par 3o de vos propres confrères, vous êtes donc 45o incapables.

Voyez-vous la modestie de ces 3o orateurs. Leurs départemens qui croyaient avoir envoyé, en eux, à Paris, des aigles, n'y ont envoyé en résultat que des oisons. Ils en conviennent eux-mêmes. — Doucement, Monsieur le pamphlétaire, vous tirez des conséquences fausses de ce que nous avons dit : nous ne recevons rien comme députés, c'est vrai, et encore si vous nous forcez à parler à........; mais la Chambre n'est-elle pas le marche-pied des grandes dignités, des hautes fonctions? — Quoi, Messieurs les trente, vous êtes représentans du peuple, et vous tenez ce langage! la Chambre est à vos yeux le marché-pied pour arriver aux emplois ! vous vous embourbez, mes amis ; vous ne voulez pas paraître incapables, et vous vous montrez intrigans, ambitieux, et peut-être pire.......

Mais laissons les subtilités du syllogisme, et attaquons de front la vénalité.

On trouve pour rien des hommes éclairés qui consentent à quitter leurs familles, leurs habitudes, et à venir représenter à grands frais leurs concitoyens à la Chambre, et on ne trouverait pas des hommes à 10, 20, 3o mille francs. sans plus, pour occuper un ministère. Qu'on retranche tous ces frais de représentation où la nation n'a qu'à perdre, tous ces dîners enivrans, moyen de corruption inventé par l'ancienne étiquette, et remis en vigueur sous l'empire. L'honneur d'être à la tête d'un grand peuple n'est-il donc rien ! — Des maréchaux gagner soixante, quatre-vingt mille francs, avec leurs croix, leurs cordons, les crachats dont ils sont couverts..... ! Que font-ils? ils digèrent, et se donnent la peine de vivre ; mais les services passés... J'ai un voisin, Sire, ex-sergent-major de la Grande armée ; il a servi 12 ans, il a sur lui quatre énormes blessures, de pension pas un sou. A cinquante ans, si ses amis ne le secourent, il mourra de misère, ou sera porté dans un hô-pital. Peut-on croire que la patrie consultée, ou bien représentée, laissât mourir de faim l'un sous le chaume, pour loger les autres dans le velours, et les gorger de truffes et d'ortolans? Quelle révoltante inégalité! Dieu des bonnes gens!

Ces petits saints crossés, mitrés, pourquoi les enrichissons-nous? afin, dit-on, qu'ils puissent faire des aumônes. Sire, il y a dans mon village des gens qui l'hiver n'ont ni pain, ni bure, ni feu. Nous aimerions autant garder une partie de ce que nous donnons aux archevêques, pour ces compatriotes malheureux. Saint Pierre n'allait pas en carosse, il n'avait pas trois ou quatre laquais chamarrés de galons, il n'érigeait pas sa maison en palais. Pourquoi nos prélats, qui nous doivent l'exemple de la modestie, ne seraient-ils pas un peu moins vaniteux. A Dieu ne plaise que nous prétendions attaquer la religion dans la personne de ses ministres; mais d'honnêtes desservans, qui sont aussi les ministres de la religion, sont gueux comme la plupart de nous.

Des hommes placés dans la haute magistrature, qui travaillent six heures par semaine, gagnent (je parle toujours du beau règne de Charles) douze, quinze, vingt mille francs. En ame et conscience, croyez-vous qu'un honnête juge de paix, qui touche environ 750 francs du fisc, ne soit pas aussi utile au pays; et que sa peine et son mérite soient, par rapport à ces magistrats de haute volée, ce que ses honoraires sont aux gros traitemens de ces derniers? Le salaire doit-il être en raison inverse du travail que l'on fait?

Donnez-moi pour les ponts et chaussée, disait un ministre. Espérant qu'on arrangerait le chemin de mon village au lieu du plus voisin marché, j'ai donné pendant quinze ans. Eh bien! l'ingénieur ne s'y est pas tourné. Avec l'argent fourni pour cet usage, mes amis et moi eussions fait une route royale. En hiver nous sommes traqués comme des bêtes fauves dans une fosse; mais, en revanche, nous avons appris que Sa Majesté pouvait voyager de Paris à Saint-Cloud, par vingt routes différentes, sans avoir à craindre un seul cahot.

A un autre. Donnez pour l'instruction publique. Bon mes amis, nos enfans seront plus instruits que nous, disais-je à nos campagnards. Donnons..... Nous avons donné, mais de magister, point; à peine si à trois lieues de chez nous, au chef-lieu du canton, ou trouve une école où on inculque l'alphabet à coups de fouet et de férule. D'enscignement mutuel,...... ,nullement; mais, en revanche, notre argent a servi à former des bourses pour les bâtards de nos députés (historique.).

Donnez pour des édifices publics et des monumens nationaux, viennent nous dire encore des hommes à portefeuille. Vous voulez, Messieurs, établir des palais, ériger des colonnes, des monumens expiatoires? Eh, d'abord, laissez-nous réparer les murs et le couvert de notre presbytère qui tombera quelque jour sur notre bon curé, comme un quatre de chiffres. Laissez-nous réparer les planchers de notre maison-commune. Puis, si vous voulez loger un prince, un duc, dans un nouveau Versailles; si vous voulez célébrer quelque victoire : le Trocadéro, ou Saint-Méry, par une colonne; si vous avez quelque *mea culpa,* ou quelque amende honorable à éterniser par la fondation d'un monument lacrimatoire, ayez recours aux souscriptions. Vive les souscriptions! nous aussi paysans nous ouvrirons des souscriptions quand nous aurons un peu plus d'aisance; mais que ceux qui, de leur vivant, nous auront rançonnés, ne s'attendent pas, trépassés, à voir leurs noms écrits dans nos Panthéons rustiques.

Encore des hommes à coffres-forts, grand Dieu! Que veulent ceux-ci? Pour la police, tant de millions. Oui, mais que les gendarmes nous fassent justice des voleurs, et ne passent pas leur temps à épier quelque propos politiques au fond d'un cabaret. Oui, mais que mon argent, comme dit un Breton de sens, n'aille pas servir à faire une pension au chouan qui a assassiné mon père, brûlé ma ferme, et introduit dans mon pays la guerre civile. Oui, voilà de l'argent pour la police, mais non pas pour payer des agens provocateurs, comme sous Villèle, lors de l'histoire des pétards, et sous je ne sais plus qui . . . .

Donnez, donnez encore..... Eh! Messieurs, doucement. Tudieu, vous n'y allez pas de main morte. Nous n'en finirions pas avec ces donations. Paris est-il donc un égoût où doit se réunir, comme au fond d'un creuset, tout l'or de la province?

Enfin, vous le voyez, Sire, on ne nous laissait pas un sou sous votre prédécesseur. Qu'est-il arrivé? On s'est lassé, non du nom de Charles, car peu nous importe que ce soit Pierre, Jacques, ou Guillaume qui nous gouverne, mais des façons d'aller de ses ministres. Charles X plante des choux à Holyrood, pour avoir empêché nos paysans de mettre un peu de beurre ou de graisse dans les leurs. Il a tiré sur nous, d'abord avec des contraintes, puis avec ses gros canons, le bon roi! Le peuple avait sur le cœur et le milliard et les bourrades; bref, un jour, il s'est arraché à son apathie, et votre cousin, sa famille, ses flatteurs, en un clin-d'œil ont disparu, les uns, sans doute, pour toujours, les autres pour trop peu de temps, car huit jours après l'échauffourée ils pululaient dans vos palais sous de nouvelles couleurs.

Sire, si la France sympathisa alors avec les parisiens, c'est qu'elle était lasse du système qui pesait sur elle. Je vous ai fait, je crois, toucher au doigt les vices du gouvernement déchu, quant à la répartition de l'impôt et l'emploi de nos trésors; c'est assez pour aujourd'hui. Une autre fois je vous parlerai des besoins intellectuels du peuple.

De tout ce que je viens de dire, que conclure? Vous n'êtes pas un homme à qui il faille donner les choses toutes mâchées : en un mot comme en mille, pour parvenir à vous faire aimer du peuple, prenez une marche opposée à celle adoptée par votre prédécesseur : sinon les mêmes causes pourraient peut-être produire les mêmes effets, ce dont nous serions on ne peut plus fâchés dans nos montagnes.

Sur quoi, j'ai bien l'honneur d'être, non votre sujet, mais votre très-humble serviteur,

A. G. PAYSAN DE L'ARIÈGE.

IMPRIMERIE DE SÉTIER,

RUE DE GRENELLE SAINT-HONORÉ, N° 29.

www.ingramcontent.com/pod-product-compliance
Lightning Source LLC
Chambersburg PA
CBHW061448170626
46811CB00005B/2421